KB023400

그림이 시를 쓰다 4

세월의 춤

세월의 춤

이정옥 시집

초판 인쇄 2022년 11월 10일
초판 발행 2022년 11월 15일

지은이   이정옥
편집자   이미숙
펴낸곳   도서출판 북뜰
출판등록 제25100-2022-000092호
주 소   경기도 파주시 운정4길 222-31. 1F
전 화   1577-2935, (031)942-1280
팩 스   (031) 943-1280
이메일   bookddle@naver.com

값 12,000원

ⓒ Publisher Bookddle 2022 Printed in Republic of Korea

ISBN 979-11-980203-0-7

그림이 시를 쓰다 4

세월의 춤

이 정 옥 시집

강물처럼 흘러간 세월 이야기를 따라
명화名畫 66편과 함께 떠나는 가을 여행

북뜰

희망 조지 프레더릭 와츠 1817-1904 영국, 1886

오늘도

안개비인 듯
이슬비인 듯
소리 없이 내리는 는개로
마른 가지에 꽃을 피우는
감동의 시詩를 꿈꾼다

연잎에 구르는 이슬방울의
영롱하게 빛나는 함성으로
하얀 수련들 깊은 잠 깨우는
감동의 시를 꿈꾼다

이루지 못할 꿈도
행복하다 했던가?

거친 가락에 줄이 끊어진
낡은 목기를 안고 오늘도
그대 영혼을 춤추게 할
시를 꿈꾼다.

□차례

1. 지천이지요

2. 그래도 괜찮아요

3. 나의 그분은

4. 비 내리는 거리에서

꽃밭을 찾던 나비가
소녀 어깨에 앉았어요

꽃밭이 아니라도 세상에는
아름다운 곳이 지천이지요

1
지천이지요

풍요 프뤼동 1758–1823 프랑스

꽃나무 아래 로맨스 조르주 피카르 1857-1943 프랑스

감꽃 추억

예림강 지나 외갓집 갈 때
낙동강 지류支流 푸른 둑길에
보랏빛 자운영 만발이던 봄

물길에 둘러싸인 고향의 봄은
한 폭의 수채화였다

높은 하늘에 종달새 우짖을 때
앞마당에 쏟아지던
하얀 감꽃

친구와 꽃목걸이 만들며
바구니 넘치도록 행복했던 날들

누구에게나 유년의 추억은
세월이 흐를수록 향기로워지는
꽃 빛 그리움이다.

저물녘 산책 라파엘로 소르비 1844-1931 이탈리아, 1870

동행

그대 슬픔을 과장하여
동행을
아프게 하지는 말아요

그대 기쁨을 자랑하여
동행을
주눅 들게 하지는 말아요

담색淡色이
검정의 품격을 칭송하고
검정이
담색의 고요를 지켜주면
아름다운 그림이 되지요

함께 길을 떠날 때는
빨주노초파남보 물감을 풀어
고운 그림을 그려야 해요.

흰 옷 여인 어니스트 비엘러 1863-1948 스위스

하양

하양은
영혼의 노래다

하양은
혁명 전야前夜의 고요다

청기사파 화가 칸딘스키가
물감을 듬뿍 찍은 붓을 들고
하얀 화판을 바라보며 말했다

— 백색 공간은
　가능성으로 충만한
　깊고 완벽한 적막이다

영혼의 얼룩 모두 지우고
나도 오늘 하양으로
다시 시작하고 싶다.

나비 게오르그 요한 브레먼 1813-1886 독일

지천이지요

꽃밭을 찾던 나비가
소녀 어깨에 앉았어요

꽃밭이 아니라도 세상에는
아름다운 곳이 지천이지요

오늘도
감동할 일이 지천이지요

내일도
감탄할 일이 지천이지요

가슴을 열고 길을 나서면
세상에는 여전히
감사할 일이 지천이지요.

비 내리는 날, 뉴욕 프레더릭 하삼 1859-1935 미국, 1889

밤비 기억

초승달 구름 뒤로 숨자
독립군 앞세워 떠나시던 밤

아버지 어깨 위에 내리던
아득한 밤비 기억

가로등 불빛에 흐느끼는 밤비가
그날 밤 기억을 길어 올리니
아버지 그리워 가슴이 젖는다

그날도
하염없이 밤비가 내렸는데

오늘도
추적추적 밤비가 내린다.

아라비아 풍경 빅터 앤드슨 1882–1937 미국

풍경화

낮선 이야기에 가슴 설레니
풍경화는
삶을 감미롭게 하는 풍금 소리다

그곳이 어디든 떠나고 싶게 하니
풍경화는
새벽을 깨우는 갯바람의 춤이다

목마른 사슴의 젖은 눈빛과
텅 빈 선창의 저물녘 적막과
골목길 서민의 애환까지
슬퍼도록 아름답게 표현하다니

풍경화는
우편함을 열 때마다 쏟아지는
오색 물감으로 꾹꾹 눌러쓴
위로의 손편지다.

분홍 빨강 보라의 배열 애봇 휘슬러 1834-1903 미국, 1883

가시 찔레꽃

하얀 가시 찔레꽃을 닮은
그대를 보는 순간
참았던 눈물이 쏟아졌다

누군들 가시에 찔려
서럽게 울어본 적 없으랴

꽃잎 진 자리마다 열매 맺히니
인생은
반전反轉의 감동이라던 그대

하양 빨강이 눈부시게 빛나는
한 폭의 그림이고 싶다던 그대

돌아보니 내 인생도
아픈 자리마다 새잎 돋아나는
가시 찔레꽃의 반전이었다.

스카겐에서의 여름저녁 산책 페데르 크뢰이어 1851-1909 덴마크, 1892

뉘엿뉘엿 어스름에

뉘엿뉘엿 어스름은
우주가
피리를 부는 시간이지요

뉘엿뉘엿 어스름은
창조주가
시를 쓰는 시간이지요

후회 없는 인생은 없지요
지난날 자기를 만나
미안했노라 고백하려면

뉘엿뉘엿 어스름에
둘만이 아는 호젓한 곳에서
조용히 기다려야 하지요.

나비 윈슬로 호머 1836-1910 미국, 1878

나비를 만나러

숲에서 길을 잃었을 때
나비를 만나 알게 되었어요

산새 등에 앉아 졸고 있는
고추잠자리를 보라 했어요
두려움을 내려놓으면
두려움이 사라진다 했어요

이끼 푸른 바위에 꽃을 피운
풀꽃의 춤을 보라 했어요
만남이 기쁨이기를 바라면
믿고 맡기라 했어요

가진 것 없어도 행복한
안빈낙도安貧樂道의 삶이 궁금해
오늘 다시
나비를 만나러 숲으로 왔어요.

등불을 든 브루타뉴 여인들 페르디낭 퓌고도 1864-1930 프랑스, 1896

연등에 불 밝혀

기쁨이 모여 축제 중인데
슬픔이 창문을 기웃거리지요

봄날 꽃씨를 뿌리는데
시샘이 우박을 쏟아붓지요

인생은 요지경이지요
빛과 어둠이
눈물과 웃음이
앞서거니 뒤서거니 달려오지요

덧셈 뺄셈으로는 풀 수 없는 인생
그래도 연등에 불 밝혀 달리겠어요

모자라도 원망하지 않겠어요
아득해도 투덜대지 않겠어요
새벽을 향해 달리노라면
누군가 다가와 찬 손 잡아주겠지요.

휴식의 순간 테오도르 랄리 1852-1902 그리스

쉼표

서둘러 집을 나선 날
경주행 기차표를 손에 들고
부전역 완행차에 올라 있었다

가고 싶은 곳과 가야 할 곳이
어쩌자고 그리도 많았던지
급한 마음에 앞만 보고 달리다
목적지를 지나친 적이 있었다

문장에 쉼표가 있는 것은
잠시 멈추어 뜻을 음미하라는
작가의 배려인 것을
오랜 세월 잊고 지냈다

무사히 목적지에 도착하려면
신발 끈 고쳐 맬 시간
인생에도 쉼표가 필요했다.

방문자가 문을 두드리다 찰스 로버트 레슬리 1794-1856 영국

모두 떠나지요

인생은
하나의 잔盞이지요

불만이 차고 넘치면
선물을 들고 온 이웃이
술잔 넘어지는 소리에 놀라
망설이다 떠나지요

교만이 차고 넘치면
우정을 들고 온 친구가
문지기의 무례함에 놀라
망설이다 떠나지요

자만이 차고 넘치면
축복을 들고 먼 길 달려온
그분마저 절망하여
발길을 돌려 떠나지요.

들녘의 양귀비 알프레드 기유 1844-1926 프랑스

행복하세요?

산악인에게 물었어요
"행복하세요?"
정상에 깃발을 꽂는 순간
가슴이 뛴다 했어요

동전과 동전 사이에
지전 한 장이 춤을 추듯
사뿐히 내리는 순간
동냥아치의 가슴도 뛸까?
차마 묻지 못했어요

누구나 행복할 수 있지만
행복은 바구니에 담을 수 있는
물건이 아니었어요

스치고 지나가는 느낌인 것을
들꽃을 꺾으며 알게 되었어요.

화랑에서 찰스 프리드리히 베터 1858-1936 독일

화랑畫廊에서

마땅한 그림씨를 찾지 못해
막막할 때면 집을 나선다

화랑에 앉아 있노라면
액자에서 걸어 나온 형용사가
은빛 열쇠를 내민다

뒤따라 나타난 움직씨動詞가
그동안의 가출을 미안해하며
야생화 다발을 들고 온다

바람 부는 오늘 출발해야 하나?
기다렸다 맑은 날 떠나면 안 될까?
누군가에게 묻고 싶을 때가 있다

모든 물음에 친절히 답하는
화랑은 인생 전시장이다.

발레 에른스트 오플러 1867-1929 독일, 1915

함께 춤을 추어요

관객이 하나둘 떠나도
슬퍼하지 말아요
인생은 3막 4장으로 끝나는
한 편의 드라마이지요

삶에 완성이란 없지요
그대 춤이 끝나는 순간
젊은 무희舞姬가 무대에 올라
그대 춤사위를 이어가지요

웅장한 합창 소리 들으며
춤을 추고 싶은지요?

혼자 추는 춤도 아름답지만
함께 춤을 추노라면
대보름날 타오르는 달집 불꽃처럼
인생이 장엄하게 빛나지요.

하늘이 캄캄한가요?
그래도 괜찮아요
바람이 구름을 비질하면
흩날리던 싸락눈 사라지고
동쪽 하늘에 샛별이 나타나지요

2
그래도 괜찮아요

철학 프뤼동 1758-1823 프랑스

아름다움과 나비 비토리오 코르코스 1859-1933 이탈리아

아름다움의 정령精靈

실바람에 너울거리는
수양버들의 아름다운 춤에서
자유의 소중함을 느끼지 못했다면
나는 지금 무엇이랴

미루나무 가지에 둥지를 튼
까치집의 소박한 아름다움에서
청빈의 고결을 느끼지 못했다면
나는 지금 무엇이랴

젊은 날 이유 없이 슬펐느니
아름다운 나비의 춤을 보고
방황에 마침표를 찍지 않았다면
나는 지금 무엇이랴

모든 이에게 기쁨인 아름다움
내게는 구원이었던 아름다움
아름다움의 정령이
내 인생을 시詩가 되게 했다.

파라솔을 든 여인 아리스티드 마욜 1861-1944 프랑스, 1895

가을 바다에서

가을 바다는 쪽빛 고요인데
내 가슴속은 아직도
여름 해변의 아수라_{阿修羅}다

버리지 못한 것이 어찌
마른 꽃잎으로 바스락거리는
청춘의 꿈만이랴

가당찮은 소망과 헛된 욕망을
반짝이는 보석인 양 움켜쥐고
여기까지 달려왔느니

새것으로 채우고 싶으면
버리고 비우라 했었지

부질없는 꿈에서 깨어나
쪽빛 바다의 고요라야 하리.

런던 거리 풍경 프레데릭 스미스 1846-1923 캐나다

운명

고향으로 돌아갈 것인가
이방인으로 떠돌 것인가
길에서 망설이기도 하지요

노예로 살 것인가
자유인으로 죽을 것인가
길에서 난감할 때도 있지요

길은 수 없이 많지요
이 길 저 길 기웃거리면
돌부리에 걸려 넘어지지요

꽃씨를 뿌리면 꽃길이 열리지요
배를 띄우면 뱃길이 열리지요

길은 선택이며
선택이 운명이지요.

자비의 문 아서 휴즈 1832-1915 영국

연민懺憫

풀잎이 목말라 고개 숙이면
이슬비로 내려 갈증을 풀어주는
그대의 연민은
모자람을 알아채는 천리안이지요

풍랑에 빠져 허우적이면
얼른 구명정을 던져주는
그대의 연민은
심장을 다시 뛰게 하는 약손이지요

금낭錦囊을 허리에 차고
가련한 이를 찾아다니는
그대의 연민은
싸늘한 아궁이에 불을 지피는
자비慈悲의 불꽃이지요.

새벽별 칼 슈베닝거 1854-1903 오스트리아, 1903

그래도 괜찮아요

하늘이 캄캄한가요?
그래도 괜찮아요
바람이 구름을 비질하면
흩날리던 싸락눈 사라지고
동쪽 하늘에 샛별이 나타나지요

삶이 팍팍한가요?
그래도 괜찮아요
언 땅 녹이려 겨울비 내리면
마른 가지 봄물 길어 올려
새싹을 틔우려 서두르지요.

사랑이 떠났는가요?
그래도 괜찮아요
내일에는 내일의 태양이 있어
바다는 다시
금빛으로 출렁이지요.

봄 프랭크 웨스턴 벤슨 1862-1951 미국, 1895

그때

개울을 건너려는데
들꽃 한 송이가 길을 막았다

언덕을 넘어 밤새 달려도
동창에 걸린 초승달이
만월이 되지는 않느니
쉬어가라 했다

이름 없는 풀꽃 한 송이도
필 때가 있고
질 때가 있느니
때를 기다리라 했다

그때 발길 멈추지 않았다면
삶이 내내 고달팠으리.

붉은 옷 여인 찰스 호손 1872-1930 미국

우리는 왜?

계절의 아름다움은 경이롭다
철없었던 유년에도 그랬고
시든 꽃잎 강물에 던지는
지금도 여전히 경이롭다

빈 가지에 홍매화 피는
봄은 분홍빛 환희이며
대웅전 처마 끝 풍경을 흔드는
여름은 바람의 계절인 것을

머루 다래 익어가는
가을은 갈색 충만이며
가로수에 하얀 서리꽃 피는
겨울은 기다림의 계절인 것을

우리는 왜 세월의 굽이마다
아름다운 축제일 수 없는가?

춤 윌리앙 부그로 1825-1905 프랑스, 1856

사랑은

사랑은
삶에 대한 열정이며

사랑은
그대 목마름을 눈치채는
부드러운 시선이며

사랑은
천국을 꿈꾸는 춤이다

해마다 앞마당에 진동하는
벽오동의 보라색 향기는
시집간 막내딸 그리워하던
아버지 눈물이다

사랑은 보라빛 눈물이느니
눈물이 마르면 슬퍼해야 한다
금 간 항아리의 빈 울림처럼
이유 없이 삶이 공허해지리니.

백합을 들고 있는 여인 제임스 웰스 챔프니 1843-1903 미국, 1902

그녀에게

백자 꽃병에 백합을 꽂으면
하얀 향기가 진동하느니

꽃이 꽃병을 가지는 일은
축복이요 은총이느니

기적은 갈 길이 바빠
불 꺼진 창은 두드리지 않느니

햄릿의 연인 오필리아처럼
수초水草 위에 둥둥 떠서
정처 없이 어딘가로 흘러가는
구슬픈 노래로 끝낼 수는 없느니

맨발로 백토白土를 나르고
땀 흘려 물레를 돌려
백자 꽃병을 빚어야 하느니.

밀짚모자를 가진 여인 에드워드 쿠쿠엘 1875-1954 미국

고향에 가면

어딘가로 떠나고 싶으면
고향 가는 기차에 오른다

길이 막히면 돌아가라는
노자老子의 강물 소리 있는 곳

멀리 가려면 쉬엄쉬엄 가라는
솔숲 메아리가 기다리는 곳

고향에 가면
지친 영혼을 위로하는
무봉사舞鳳寺 범종 소리도 있다

유유히 흐르는 남천강 건너편
소학교 운동장으로 사라지는
유년의 내 뒷모습에 놀라
옛동무 이름 부르며 수소문한다.

꿈 조안 브뤨 1863-1912 스페인

빨간 댕기

붓꽃 만발인 오월 단오절
능수버들 아래서 춤을 추었다

많고 적음의 차이를 몰랐던
그 시절 우리는 행복했다

높고 낮음의 차이를 몰랐던
그 시절 우리는 자유로웠다

우정이
달빛처럼 고왔던 시절
꿈이
호수처럼 푸르렀던 시절

수련처럼 청초했던
빨간 댕기 그 시절이
너무 그립다.

평화의 천사 월터 크레인 1845-1915 영국, 1900

마음

봄날 화전花煎을 빚어
외로운 이웃을 찾는 마음이
세상을 따뜻하게 하지요

밤새 내린 앞마당 눈을 쓸며
친구를 걱정하는 마음이
산동네 비탈길에 쌓인 눈을
봄눈처럼 녹아내리게 하지요

사랑이 활활 타올라
마음에 날개가 돋아나면
천 리 험한 길도
한달음에 날아가지요

마음은
사랑을 실어 나르는
아름다운 나비의 춤이지요.

스페인 무희 나탈리아 곤차로바 1881-1962 러시아

무슨 색色일까?

그대는 언제나 하늘바라기
해바라기꽃 노란색이고
나는 오늘도 꿈길 헤매는
수수꽃다리 보라색이지요

삶은 자기 색을 찾아 떠나는
외로운 여정旅程이지요
고갱이 타히티Tahiti로 간 것도
자기 색을 찾아서였지요

열망과 절망을 넘나들며
우리가 포기하지 못하는
사랑은 무슨 색일까?

모든 색을 거부한 하양
상사화相思花의 애절함을 닮은
파계승의 한이 서린 승무일는지.

책 읽는 소녀 존 싱어 사전트 1856-1925 미국

내게 잠언箴言은

길을 잃고 헤매던 시절
내게 잠언은
모래바람 부는 황량한 들에서
옹달샘을 만난 기쁨이었다

장맛비 사이에 고개 내밀어
빨랫줄 푸새 옷들 춤추게 하는
짧고 강렬한 햇빛이었다

어두운 터널 안에서
불빛을 만났을 때의 설렘으로
색연필로 밑줄을 그을 때마다
쌓인 물음이 하나씩 지워졌다

내게 잠언은 언제나
인생을 고쳐 생각하라는
죽비*竹篦 치는 소리였다.

竹篦 ; 불교에서 참선 때 심신이 흐트러지면 정신을 깨우기 위해 사용하는 도구.

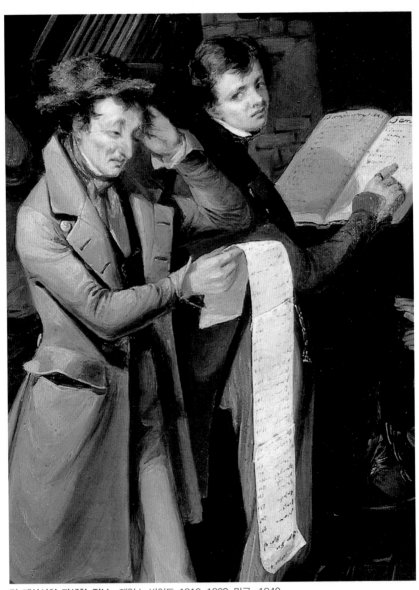

긴 계산서의 자세한 정보 제임스 비어드 1812-1893 미국, 1840

등짐이 무거우면

사랑이 버거울 때가 있지요
자기만 바라보라 우기지요

꿈이 버거울 때가 있지요
쉬지 말고 달리라 다그치지요

갈길 아득한데 등짐 무거우면
사랑이라 착각한 마른 꽃다발
행복이라 오해한 무거운 장신구
모두 내려놓고 쉬어야 하지요

등짐을 베개 삼아 풀숲에 누워
하늘 우러르면 보이지요

인생은 흘러가는 구름이고
세월은 여전히 하늘거리는
선들바람인 것을 알게 되지요.

살구꽃 흐드러지게 피워
가슴 뛰게 하시는 분
노란 물감 은행잎에 뿌려
옷깃 여미게 하시는 분

나는 오늘도
그분을 만나려 집을 나선다

3
나의 그분은

기쁨 프뤼동 1758-1823 프랑스

달빛 비치는 계곡에서 헤멘 마줌다르 1894-1948 인도

산사山寺에서

남도 꽃소식에 가슴 설레어
정처 없이 떠나고 싶었다

흘러 흘러 당도한
태화산 마곡사麻谷寺에서
하룻밤 묵어가는 객客이 되었다

봄을 재촉하던 비가 멎고
객창客窓에 달빛 비치니
문득 화엄경 구절이 떠올랐다

— 나무는
　꽃을 버려야 열매를 맺고
　강물은
　강을 버려야 바다에 이른다.

행렬, 워싱턴 광장 윌리엄 제임스 글래컨스 1870-1938 미국, 1912

광장

광장에 웃음꽃 만발이면
하늘에서 축복이
꽃비로 내린다

소중하게 간직해온 꿈을
기꺼이 청춘에게 넘기면
거리에 푸른 춤이 넘실거린다

우렁찬 행진곡에 놀라
동산을 흔들며 백학 날아오르면
구름 흩어지고 쌍무지개 뜬다

오색 깃발 휘날리는 곳
광장은
선량한 시민의 축제장이다.

노란 장미 사무엘 루크 필데스 1843-1927 영국

나의 그분은

살구꽃 흐드러지게 피워
가슴 뛰게 하시는 분

노란 물감 은행잎에 뿌려
옷깃 여미게 하시는 분

나는 오늘도
그분을 만나려 집을 나선다

징검다리 건너다 넘어지면
손을 잡아주시는 분

계곡이 깊어 망설이면
옷자락 날리며 달려오시는 분

내가 왜
그분 사랑에 목말라 안달하리.

기회 엘리노어 브릭데일 1871-1945 영국, 1901

우리 몫이지요

민들레 꽃씨가 하필이면
디딤돌 사이에 떨어지다니

꽃인 듯 풀잎인 듯 고개 내민
여리디여린 해맑음에
울 수도 웃을 수도 없어
얼굴을 붉히고 말았다

그분은 꽃씨를 날려 보낼 뿐
돌 틈에 떨어진 꽃씨를 모아
꽃밭을 가꾸는 일은
우리 몫이었다

그분은 앞뜰 뒤뜰 가리지 않고
오늘도 꽃씨를 날려 보낸다

나비가 날아와 춤을 추는
아름다운 꽃밭을 가꾸는 일은
우리 몫이었다.

동양 무희들 파비오 파비 1861-1946 이탈리아

찬미의 춤

삶은 한바탕 꿈이 아니라
찬미의 춤이지요

휘파람새 둥지에 알을 낳는
귀촉도의 슬픈 사연도
찬미의 춤이지요

고향 찾아 북쪽으로 떠나는
높은 하늘의 기러기 날갯짓도
찬미의 춤이지요

꽃잎 지는 봄날의 아쉬움도
갈매기 슬피 우는 항구의 이별도
찬미의 춤이지요

첫차로 떠나는 그대의 사연
막차를 기다리는 나의 사연
삼라만상參羅萬像 모든 사연이
찬미의 춤이지요.

아이들과 함께 장 루이 하몽 1821-1874 프랑스

종이비행기

삶은 종이비행기를 접어
멀리 날리는 일이지요

강물에 떨어져
강물의 눈물이 되기도 하지요

나그네 어깨 위에 내려
낯선 마을 한숨이 되기도 하지요

그래도 날리고 날리면
그 중 어느 하나가 언젠가는
그분 뜰에 도착하지요

정화수에 어린 달빛 같은 사연들
우리네 모자람을 기억하시는 분이
우리보다 더 아파하시며
오늘도 기다리고 계시지요.

등불을 든 여인 헬렌 마리아 터너 1858-1958 영국, 1904,

꽃등

구슬땀 흘리며 쟁기를 잡은 채
등짐을 지고 비탈길 오르던 채
마지막을 맞이한 사람에게
그분이 말씀하시지요

— 그대가 지금
    천국에 도착했느니

폭우로 둑이 무너질 때
낯선 목소리로 문을 두드리며
빨리 피하라 재촉하시는 분

그대 발길 돌려세워
행인의 짐 들어주게 하시는 분

골목 어둠부터 먼저 밝히는
그분은 따뜻한 꽃등이지요.

수도자 에밀 세메노브스키 1857-1911 러시아 출신 프랑스 화가

한 벌 옷

한 벌 옷의 미소는
두 벌 옷의 유혹을 물리친
승리의 기쁨이지요

한 벌 옷의 기쁨은
남도의 봄을 알리려
얼어붙은 눈밭에 고개 내민
노란 복수초의 춤이지요

수도자의 한 벌 옷은
부름에 응답한 이에게
신이 기뻐하며 내린
아름다운 하사품下賜品이지요.

너를 만든 어린 양 아서 휴즈 1832-1915 영국

그날 내가 본 것은

그날 내가 본 것은
대지의 여신女神 가이아Gaea가
오색 주머니를 허리에 차고
빈들에 씨앗을 뿌리는
옷자락 펄럭임이었다

사과꽃 활짝 피우려
과수원에 내리는 봄비였다

흔들리는 잔물결 잠재우려
호수에 내려온 달빛이었다

그날 내가 본 것은
모든 생명에 영원을 약속하는
그분의 부드러운 미소였다.

햇빛 드리운 실내에서 헨리 살렘 후벨 1870-1949 미국

왜 몰랐을까?

이유 없이 눈물이 흐르면
그대는 내게 누구인가를
물어야 할 때가 된 것이지요
눈물은 영혼의 정화제이지요

내가 없으면 이웃도 없지요
내가 없으면 하늘도 없지요

가면을 쓴 이웃사랑 놀이에
영혼이 퍼렇게 멍이 들면
그분이 얼마나 슬퍼하겠는지요

지나친 관습의 요구를
삿된 무리의 주장을
잡초밭 갈아엎듯 갈아엎으면
삶이 배롱나무꽃으로 피어나지요

이토록 단순한 이치를
왜 진즉 몰랐을까?

몰약을 든 여인들 미하일 네스테로프 1862-1942 러시아, 1901

너무 늦게 알았다

별빛마저 사라진 밤에
강은 깊고 물결이 드센데
사공이 보이지 않아 두려웠다

목적지에 도착하고야
발걸음도 가볍게 사라지는
여인의 뒷모습을 보았다

불나방 물리치는 몰약을 들고
있는 듯 없는 듯 뒤따라온
그녀 이름이 수호천사인 것을
너무 늦게 알았다

밤하늘의 무수한 별 가운데
이름 불러주기를 기다리는
나의 수호천사가 있는 것을
너무 늦게 알았다.

이삭 피르민 배스 1874-1943 벨기에

누구인지요

헌금의 무게를 저울에 달아
천국과 지옥을 결정하는 이는
누구인지요

태풍에 목선을 잃고
파도에 쓸려 무인도에 도착한
어부의 외침 소리를 전하는 이는
바람인지요 파도인지요

빈 들에서 이삭을 모으느라
삼종三鐘* 기도 시간을 놓친
여인의 눈물을 씻어줄 이는
그대인지요 나인지요

신神의 이름을 들어본 적 없는
화전마을 할머니의 영혼을
조건 없이 구원할 이는
누구인지요.

三鐘 ; 가톨릭에서 아침 점심 저녁, 종을 칠 때 드리는 기도.

그리스 여성 로렌스 알마 타데마 1836-1912 네덜란드, 1869

외로우세요

바람에 서걱대는 수숫대의 춤
가을을 기다리는 꽃사과 풋열매
자연도 꿈을 꾸고 그리워하지요

외로움은
생각의 밭에 자라는 잡풀이지요

가장 서러운 외로움은
무리 가운데서 혼자일 때이지요

무리는 무지막지하여
개인의 자유와 행복을
파쇄기에 넣어 갈아버리지요

자연이 춤추는 곳에서
꽃향기에 취해 꽃 동무 되면
혼자라도 외롭지 않지요.

걱정거리 탈보트 휴즈 1869-1942 영국, 1898

무서운 일은

창문을 흔드는 세찬 바람은
자연의 기침 소리이니
무서워할 일이 아니지요

태풍이든 광풍이든
자연의 들숨 날숨은
지나가는 바람이지요

무서움은
상상의 숲에서 자라지요

지붕 위 둔탁한 울림은
밤송이 떨어지는 소리이니
무서워할 일이 아니지요

우리가 무서워해야 할 일은
인간이기를 거부한 사건이지요.

여인이 촛불을 들고 출입구를 비추다 칼 알프레드 브로지 1870-1955 덴마크

두려워하지 말아요

어느 날 파밭에 주저앉아
감은 눈 뜨지 못한다 해도
두려워하지 말아요

생애가 다하지 않았다면
응급실에 도착할 시간을
그분이 허락하시지요

죽음은
영혼이 새 옷으로 갈아입고
홀연히 떠나는 일이지요

돛대에 황포黃布 자락 펄럭이며
고향으로 돌아가는 길이니
두려워할 일이 아니지요.

변하지 않으면 죽음이라지만
우리는 너무 많은 것을 잃었다

비 내리는 거리에서
소리 흉내말 의성어擬聲語와
모양 시늉말 의태어擬態語를
오랜만에 만나 반가웠는데
왜 슬퍼했을까?

4
비 내리는 거리에서

예술 프뤼동 1758-1823 프랑스

엉킨 실타래 조지 하커트 1868-1948 영국, 1917

어머니 반짇고리

어머니가 당부하셨지요
사노라면 답답할 때도 있느니
실을 감으며 기다리라 하셨지요

예감叡感이 직감直感을 데리고
혜성처럼 나타나리니
실 감기를 계속하라 하셨지요

평생 실을 감으며
슬기롭게 기다리신 어머니

우리도 그랬어요
어머니 반짇고리에 수북이 쌓인
오색 실타래를 풀고 감으며
새벽닭 홰치기를 기다렸어요.

진달래 앨버트 조셉 무어 1841-1893 영국, 1868

소꿉친구

봄꽃 만발인 영남루 언덕에서
네 잎 클로버 책갈피에 꽂으며
고향에서 살자고 약속했느니

그대가 서둘러 고향 떠난 후
나도 서울행 기차에 올랐느니

빨간 우체통에 손편지를 넣고
뛰는 가슴으로 기다렸는데
바닷물에 젖어 되돌아왔느니

바람에 돌담까지 수런거린다는
그대의 푸른 섬 삼다도三多島가
그때는 이국처럼 아득했느니

오늘도 그대 찻잔에 띄우려
진달래 꽃잎 뜨며 목이 잠긴다.

가난한 시인 칼 스피츠벡 1808-1885 독일

그대를 기억하려

바람이 불면 바람의 춤으로
꽃이 지면 꽃잎의 노래로
우주의 신비를 찬미한 그대여

소식에 놀라 달려왔을 때
그대 미완성 원고 다발을
이웃집 소년이 무심히
불쏘시개로 던지고 있었다

그대 향기를 오래 간직하려
벽에 걸어두고 떠난 가난을
한 자락씩 나누어 가질 때

그대 푸른 영혼이
동산을 넘으며 손을 흔들었다.

묵상 워런 데이비스 1865-1928 미국

이제야

돛단배에 푸른 꿈을 싣고
넓은 바다를 겁 없이 누비며
청춘에는
폭풍도 두렵지 않았다

아홉이 하나를 빼앗는데
천지신명은 왜 말이 없는가?
장년에는
계란으로 바위를 치며 분노했다

붉은 노을이 서산에 걸리니
이제야 세상 이치를 깨닫는다

자유는 권리가 아니었다
천근 무게의 의무였다.

무도회의 밤 월터 하이미그 1881-1955 독일

머지않아

연약한 꽃잎의 기쁨을 위해
꽃샘바람이여
잠잠해야 한다

땀 흘린 농부를 생각하여
가을날 구름이여
흩어져야 한다

백성의 살림이 어려워지면
거대한 국가여
작아져야 한다

유람선 뱃머리 깃발로 꽂힌
어리석은 탐욕이여
눈먼 환락이여
머지않아 공룡처럼 주저앉아
화석이 될 것을 생각해야 한다.

예술과 학문 윌리앙 아돌프 부그로 1825-1905 프랑스, 1867

오늘 우리가

꽃의 슬픔이 열매의 기쁨이 되고
별의 기쁨이 구름의 슬픔이 되니
갈등의 시작은 언제부터였을까?

그대 자유가 우리의 고통이 되고
우리의 정의가 그대의 분노가 되니
비극의 시작은 언제부터였을까?

풍요가 빈곤감을 부추기니
지난날 가난이 그리워지느니
부조리의 끝날은 오기나 할까?

빈손으로 와서
이름 하나는 얻었느니

우리가 오늘
세상이 왜 이러느냐 묻지 않으려면
서로의 고독을 이해해야 하느니
신神의 고독을 아파해야 하느니.

렉싱턴에 비 내리는 날 폴 소이어 1865-1917 미국

비 내리는 거리에서

가로수 길에 가을비 내리니
잊고 지낸 빗소리가
거리로 쏟아져나왔다

보슬보슬 내리는 보슬비
부슬부슬 내리는 부슬비
쫙쫙 내리는 작달비
퍼붓는 억수
가늘게 내리는 가랑비
밤사이 내리는 이슬비……

변하지 않으면 죽음이라지만
우리는 너무 많은 것을 잃었다

비 내리는 거리에서
소리 흉내말 의성어擬聲語와
모양 시늉말 의태어擬態語를
오랜만에 만나 반가웠는데
왜 슬퍼했을까?

허수아비 에바리스테 카펜티에르 1845-1922 벨기에

자기 앞의 삶

바람이 불고 날이 저물어도
말없이 자리를 지키는
빨간 모자 허수아비가
우리보다 지혜로울 때가 있다

지나는 한 줄기 바람에
키 큰 꽃이 먼저 쓰러지고
마른하늘에 날벼락 치느니

우주의 영靈이 경고를 보낼 때는
발길 멈추고 먼 하늘 우러러
깊은 뜻을 헤아리라 한다

이름을 가진 모든 사물은
자기 자리를 지켜야 하느니
모자라고 아쉽고 서러워도
자기 앞의 삶을 사랑하라 한다.

소원이 이뤄지는 우물에서 블라호 부코바츠 1855-1922 크로아티아

화수분*

우물에 뚜껑을 덮으니
이끼 냄새에 모두 떠났다

곡간에 자물쇠를 채우니
들쥐가 물고 사라졌다

항상 맑은 물 찰랑이는
화수분 우물이 될 수는 없을까?

두레박에 한가득 길어 올려
아래 윗마을 아낌없이 나누니
드디어 화수분 인생이 되었다

두레박을 우물에 던지며
뒤늦게 깨달은 기쁨에
활짝 웃었다.

화수분 ; 여러 가지 물건을 담아두면 끝없이 새끼를 치는 단지.

오스트리아 광대 돈 후안 디에고 벨라스케스 1599-1660 스페인, 1632

어릿광대

성공도 아슬아슬
명예도 아슬아슬
인간사人間事 줄타기라 했다

세월도 출렁출렁
인연도 출렁출렁
맨정신으로 버틸 수 없어
물구나무서기를 하노라 했다

한창 잘나가던 시절
특별관람석에 앉아
천리경을 들고 으스댔는데
아차 하는 순간
막간幕間 인생이 되었노라 했다

인생은 만만한 게 아니라며
창백한 눈빛을 감추지 못했다.

명성 에드먼드 레이턴 1853-1922 영국

청춘에게

명성名聲에 현혹되지 말아요
현란한 박수 소리는
쉽게 무너질 모래성을 닮았지요

청중은 변덕스럽지요
새 인물이 등장하면 그대를
계단 아래로 밀어버리지요

관객이 하나둘 떠날 때쯤에야
이게 아닌데 하고 돌아보면
세월이 손사래를 치며
모퉁이 길 돌아서고 있지요.

청춘은 짧고 인생은 길지요
덧없이 흘러간 청춘이
하릴없이 긴 인생 앞에
시든 꽃 던지고 사라져요.

친구 윌리엄 에티 1787-1849 영국

나도 그랬으리

외출복이 단벌인 친구 앞에서
새 옷을 자랑한 적은 없었는지?

이웃이 도움을 청하는데
무도회 초대장을 흔들며
바람처럼 사라진 적은 없었는지?

부자와 가난이 마주 앉아
품삯을 두고 줄다리기할 때
부자 편에 선 적은 없었는지?

인문학 종강 시간에 불쑥 내민
설문지 앞에서 부끄러웠노라며
친구 눈에 이슬이 맺혔다

나도 그랬으리
둘러댈 말이 떠오르지 않아
먼 산 바라보며 슬퍼했으리.

서리 나탈리아 곤차로바 1881-1962 러시아, 1911

첫서리 내린 날

오랜 세월 책갈피에 꽂혀
마른 꽃잎으로 숨죽여온
슬픈 추억과 화해는 했는지?

고달픈 시절 함께한 친구에게
고마운 마음 잊지 않았노라며
엽서는 띄웠는지?

서풍이 창을 흔들면
언제든 떠날 수 있게
돛대는 손질해 두었는지?

첫서리 내린 날 창가에 서니
어딘가로 떠나는 사람들이
한마디씩 던지며 사라졌다.

밤과 그녀의 딸 잠 메리 엘리자베스 매컴버 1861-1916 미국, 1902

아름다운 잠

친구의 천도제遷度祭를 지내고
산문山門을 내려서는데
부타 말씀이 기다리고 있었다

― 아무려면 내가 그랬으랴
   이 세상 삶에는 무심한 채
   저세상을 걱정하라 했으랴

밤의 여신 닉스Nyx에게
잠이라는 이름의 딸이 있었느니

잠은 영원으로 가기 위해
꽃잎이 떨어지는 일이느니

이 세상 삶 내려놓는 날
나도 밤의 딸처럼
고운 꿈 꾸며 잠들고 싶다.

화가의 스튜디오 폼페오 마사니 1850-1920 이탈리아

시화전을 서두르다

물감 냄새가 좋아 화실을 기웃거린 적이 있었다.
그 시절 내게 그림은 돛단배 띄워 떠나고 싶은
망망대해茫茫大海, 깊고 푸른 환상의 바다였다.
유리창에 내리는 가을 빗방울이 추상화를 그리며
시화전을 서두르라 재촉했다.

2022년 늦가을에